Worin auch immer der körperliche oder seelische Schmerz besteht: Bücher können helfen.

Sie bringen uns zum Lachen, sie eröffnen uns neue Welten. Sie vermitteln uns Wissen und berühren uns, sie bestätigen uns in unserer Meinung oder regen uns an, alles zu überdenken. Bücher sind Freunde, Bücher sind Nahrung, Bücher sind ein Lebenselixier. Auf den folgenden Seiten sind insgesamt 277 Bücher versammelt, die literarische Nothilfe in allen möglichen Lebenslagen bieten. Natürlich können sie nicht heilen. Aber nichtsdestotrotz macht Lesen das Leben reicher, schöner, bunter. Und das ist doch viel.

Öffne mich, wenn du jetzt NEUGIERIG geworden bist.

Öffne mich bei ...

„Lasst euch die Kindheit nicht austreiben!“

ERICH KÄSTNER

Achtung! Wenn du die folgenden Bücher siehst, könnte dich ein akutes Gefühl von Nostalgie überfallen.

Diese Titel haben schon viele Generationen berührt und sie wurden von Millionen Kindern geliebt. Wenn also mal wieder ein Tag kommt, an dem du am Erwachsensein mit all seinen Regeln und Pflichten zu verzweifeln drohst, schnapp dir eines dieser Bücher und träum dich davon. Mach einen Ausflug nach Lummerland, jage mit Zora und ihrer Bande durch die Straßen, schau der Raupe Nimmersatt beim Wachsen zu, lass deine Seele vom Bär gesund pflegen: Beam dich zurück in eine Zeit, in der das Leben noch ein klein wenig einfacher war.

Öffne mich bei SEHNSUCHT NACH DER KINDHEIT

Lewis Carroll **Alice im Wunderland**

Alice folgt dem weißen Kaninchen und fällt durch ein Loch ins Wunderland. Dort ist der Wahnsinn Methode, sie trifft auf die Grinsekatze, den verrückten Hutmacher, die garstige Herzkönigin und viele andere unvergessliche Figuren. Im viktorianischen England erschienen, ist dieses Meisterwerk so verrückt anders wie die Bewohner ebendieses skurrilen Wunderlandes. *Nicht unerwähnt sollte man den genialen Wortwitz und den britischen Humor lassen – beides funktioniert heute noch, genau wie vor über 150 Jahren.*

Antoine de Saint-Exupéry **Der Kleine Prinz**

Eine Notlandung in der Sahara. Ein namenloser Erzähler trifft den kleinen Prinzen, der sich nichts sehnlicher wünscht, als zu seinem Asteroiden zurückzukommen, weil er vermisst, was er liebt: seine Rose. Dazu ein Fuchs, der sein Geheimnis preisgibt: *„Man sieht nur mit dem Herzen gut. Das Wesentliche ist für die Augen unsichtbar.“* Ein Satz für die Ewigkeit, ein Buch für die Ewigkeit, ein immerwährendes Plädoyer für die Freundschaft.

Unvergessliche Bücher für kleine und große Kinder

- James Krüss **Henriette Bimmelbahn**
- Leo Lionni **Swimmy**
- Eric Carle **Die kleine Raupe Nimmersatt**
- Astrid Lindgren **Mio, mein Mio**
- Otfried Preußler **Die kleine Hexe**
- Michael Ende **Jim Knopf und Lukas der Lokomotivführer**
- Janosch **Ich mach dich gesund, sagte der Bär**
- Christine Nöstlinger **Konrad oder Das Kind aus der Konservenbüchse**
- Cornelia Funke **Igraine Ohnefurcht**
- Neil Gaiman **Der Ozean am Ende der Straße**
- Kurt Held **Die rote Zora und ihre Bande**
- Erich Kästner **Als ich ein kleiner Junge war**
- Mirjam Pressler **Malka Mai**

„Alle Kinder haben die märchenhafte Kraft,
sich in alles zu verwandeln, was immer sie sich wünschen."

JEAN COCTEAU

„Ein Streit zwischen wahren Freunden, wahren Liebenden bedeutet gar nichts. Gefährlich sind nur die Streitigkeiten zwischen Menschen, die einander nicht ganz verstehen."

MARIE VON EBNER-ESCHENBACH

Manchmal hilft ein reinigendes Gewitter. Denn auf Regen folgt Sonnenschein.

Bevor du dich aber zu sehr in deine Wut hineinsteigerst, lass dir doch lieber von der Literatur weiterhelfen. Ob ein sich zankendes Exehepaar, das über die Klippen geht, ein Team von Bankern, das sich für eine Teambildungsmaßnahme zusammenraufen muss, oder eine dysfunktionale Familie, die sich wegen eines Erbes in die Haare kriegt: Deine eigene Streitlust wird danach sicher verraucht sein!

„Genauso wenig hat man uns gesagt, dass das Schwerste nicht etwa die Brüche sind, sondern die langsame Auflösung, die Dekadenz. Das Zerfallen von Beziehungen, Lebewesen, Vorlieben, Körpern, der Lust."

JEAN-PHILIPPE BLONDEL, 6 UHR 41

Cynthia d'Aprix Sweeney **Das Nest**

Beim Geld hört nicht nur die Freundschaft auf, sondern auch die Geschwisterliebe: Eigentlich sollte am 40. Geburtstag der jüngsten Schwester das große Erbe unter allen vier Geschwistern aufgeteilt werden. *Doch es kommt anders als gedacht, und das ist mit so viel bösem Witz, Scharfsinn und Verve erzählt, dass man als Leser merkt: Einer anderen Familie beim Streiten zuzusehen, ist ein diebisches Vergnügen.*

Peter Nichols **Die Sommer mit Lulu**

Lulu, die 80-jährige Besitzerin eines kleinen Hotels auf Mallorca, trifft auf ihren ersten Ehemann Gerald. Es kommt zu einem Streit, das einstige Liebespaar stürzt von den Klippen ins Meer – und ertrinkt. Wie es dazu kommen konnte, erzählt Nichols in diesem wunderschönen Roman, der bis in den Sommer von 1948 zurückführt. Dem Jahr, in dem die beiden sich in ihren Flitterwochen überstürzt trennten und nie wieder ein Wort miteinander sprachen. *Eine tragische Liebesgeschichte voll von flirrenden Sommermomenten.*

Die schönsten Streit-Lektüren

„In Partnerschaften muss man sich manchmal streiten, denn dadurch erfährt man etwas mehr voneinander."

JOHANN WOLFGANG VON GOETHE

- Meredith Haaf **Streit! Eine Aufforderung**
- Jean-Philippe Blondel **6 Uhr 41**
- Isabel Bogdan **Der Pfau**

„Bücher enthalten die Gedanken
und Träume der Menschen,
ihre Hoffnungen, ihr Streben,
alles, was an ihnen unsterblich ist.
Aus Büchern lernen die
meisten von uns, wie lebenswert
das Leben doch ist."

CHRISTOPHER MORLEY,

DAS HAUS DER VERGESSENEN BÜCHER

Bücher sind voll von Geschichten und sie bieten selbst Stoff für Geschichten.

Was bibliophile Menschen so richtig glücklich macht: über das Lesen zu lesen. Ob geheimnisvolle Buchhandlungen oder verschollene Bücher mit bedeutsamen Botschaften, ob eine verhängnisvolle Liebe zur Literatur oder Protagonisten, die zugleich Schriftsteller sind: Es gibt zahllose Romane, die sich dem Lesen widmen und die Literatur zum Mittelpunkt aller Ereignisse machen. Was also hilft gegen Büchersucht? Lesen natürlich.

Lesestoff bei Büchersucht

- Carlos Ruiz Zafón
  Der Schatten des Windes
- Italo Calvino
  Wenn ein Reisender in einer Winternacht
- Mary Ann Shaffer & Annie Barrows
  Deine Juliet
- Alan Bennett
  Die souveräne Leserin
- Carlos María Domínguez
  Das Papierhaus
- Walter Moers
  Die Stadt der träumenden Bücher
- Petra Hartlieb
  Meine wundervolle Buchhandlung

Christopher Morley
Das Haus der vergessenen Bücher

Eine durch und durch nostalgische Leseperle, die in den Vereinigten Staaten bereits 1919 erschienen ist und erst 2014 den Weg nach Deutschland gefunden hat. Besser spät als nie, denn Morley entführt uns in die Welt der staubigen, verrauchten Buchhandlungen und Antiquariate, zu einer Zeit, als der Krieg gerade vorbei war und die Menschen wieder durch die Straßen flanierten. Eine Geschichte voll Liebe, Politik und Zeitgeschehen im Stil eines Kriminalromans, in dessen Zentrum die Bücher und die Leidenschaft der Literaturvermittlung stehen.

Alberto Manguel
Eine Geschichte des Lesens

Die mittlerweile zum Standardwerk für Büchernarren gewordene „Geschichte des Lesens“ sei in der großen, illustrierten Ausgabe jedem geneigten Leser ans Herz gelegt. Eine bebilderte Schatztruhe, reich an Anekdoten über Schreiberinnen und Schreiber, Leserinnen und Leser – und Buchverrückte. Eine der schönsten Geschichten erzählt von einem persischen Großfürsten, der all seine Bücher in einer Karawane mit sich führte und die Kamele alphabetisch sortierte. *Manguel schreibt charmant, witzig und informativ. Dieses Buch, vom „New Yorker“ als „Liebesbrief an das Lesen“ bezeichnet, ist die Bibel für Bibliophile!*

„Wir brauchen nicht so fortzuleben, wie wir gestern gelebt haben. Macht euch nur von dieser Anschauung los, und tausend Möglichkeiten laden uns zu neuem Leben ein."

CHRISTIAN MORGENSTERN

Berufliche Probleme können viele Gesichter haben.

Zum Beispiel echte Gesichter – in Form von miesen Kollegen und cholerischen Chefs. Oder metaphorische Gesichter – Unsicherheit, ob der eingeschlagene Weg der richtige ist, das Gefühl, festzustecken im immergleichen Trott, oder die Angst, von allen anderen rechts und links überholt zu werden. Manche Bücher erzählen von Menschen, die ihren Traum verwirklicht haben, andere berichten davon, wie hart es ist, in der Arbeitswelt zurechtzukommen. Literatur kann Antworten geben – doch die richtigen Fragen musst du selbst stellen.

Öffne mich bei einer

JOBKRISE

Sayaka Murata
Die Ladenhüterin

Seit 18 Jahren arbeitet Keiko in einem Kombini, einem 24-Stunden-Supermarkt. Was anfangs ein Nebenjob war, wird für Keiko zu einer Lebensaufgabe. Denn sie ist anders, eine Außenseiterin, sie kann die Gefühle anderer nicht lesen und überhaupt sind ihr soziale Gepflogenheiten fremd. Was bedeutet berufliche Erfüllung, und was ist nur stupides Arbeiten, um sich erhalten zu können? Darüber wird man nach dieser augenöffnenden Lektüre mit Sicherheit nachdenken. Und daraufhin vielleicht im eigenen Leben Veränderungen in Angriff nehmen.

Nicole Staudinger
Schlagfertigkeitsqueen. In jeder Situation wortgewandt und majestätisch reagieren

Sie ist die Stehauf-Queen – und hat konkrete Tipps parat. Wie kommt man aus der Schockstarre, wenn man mit einem blöden Spruch konfrontiert wurde? Wie gibt man seinem Chef Kontra? Wie behält man auch dann die Oberhand, wenn man sich eigentlich ganz klein fühlt? Nicole Staudinger weiß es – und vermittelt dieses Wissen ebenso witzig wie souverän. Die kleine Fibel für mehr Schlagfertigkeit im Alltag hilft, sobald man sich traut, das Gelesene in die Tat umzusetzen, auch im Berufsleben.

Vom Sinn und Unsinn des Arbeitens – die schönsten Lesetipps

+ J. J. Voskuil **Das Büro (siebenbändiger Romanzyklus)**
+ Kristof Magnusson **Das war ich nicht**
+ Judith Schalansky **Der Hals der Giraffe**
+ Moritz Netenjakob **Milchschaumschläger: Ein Café-Roman**
+ Alexander Schimmelbusch **Hochdeutschland**
+ Katarina Bivald **Ein Buchladen zum Verlieben**
+ Natalia Sanmartin Fenollera **Das Erwachen der Señorita Prim**
+ David Graeber **Bullshit Jobs. Vom wahren Sinn der Arbeit**
+ Christina Berndt **Resilienz. Das Geheimnis der psychischen Widerstandskraft**
+ Tina Schneider-Rading/Ulrike Schacht **Shop Girls. 28 Frauen und ihr Traum vom eigenen Laden**
+ Nadia Budde **Kurz nach sechs kommt die Echs**

„Erst nachdem
wir alles verloren haben,
sind wir frei,
alles zu tun."

FIGHT CLUB

Ein dumpfes Brummen in den Schläfen. Gliederschmerzen, Fieberschübe und eine laufende Nase.

Dazu noch Halsschmerzen und ein Husten aus der Hölle – du hast eine Grippe. Und wie soll man in diesem elendigen Zustand lesen? Die Konzentration auf die kleinen Buchstaben verstärkt das Summen im Schädel meistens nur, außerdem möchte man einfach nur daliegen und sich ausgiebig selbst leidtun. Deshalb findest du hier ausnahmsweise keine Bücher. Aber etwas, das sehr wohl – im entfernteren Sinne – mit Literatur zu tun hat: Serien und Filme nämlich, die auf Büchern beruhen. Viel Spaß beim Anschauen und: gute Besserung!

ÖFFNE MICH BEI GRIPPE

Große Bücher – große Filme

„Die Verurteilen“ von Frank Darabont nach Stephen King

„The Road“ von John Hillcoat nach Cormac McCarthy

„Fight Club“ von David Fincher nach Chuck Palahniuk

„Der Junge muss an die frische Luft“ von Caroline Link nach Hape Kerkeling

„Der Herr der Ringe“ von Peter Jackson nach J. R. R. Tolkien

„Schindlers Liste“ von Steven Spielberg nach Thomas Keneally

„Alles ist erleuchtet“ von Liev Schreiber nach Jonathan Safran Foer

„Die Geisha“ von Rob Marshall nach Arthur Golden

„Das Schicksal ist ein mieser Verräter“ von Josh Boone nach John Green

„Bram Stoker's Dracula“ von Francis Ford Coppola nach Bram Stoker

„Die Bücherdiebin“ von Brian Percival nach Markus Zusak

„Abbitte“ von Joe Wright nach Ian McEwan

„Die Blechtrommel“ von Volker Schlöndorff nach Günter Grass

„Der Pate“ von Francis Ford Coppola nach Mario Puzo

„2001: Odyssee im Weltraum“ von Stanley Kubrick nach Arthur C. Clarke

„Vom Winde verweht“ von Victor Fleming nach Margaret Mitchell

#bingewatch: Serien nach literarischen Vorbildern

- **„Alias Grace“** nach Margaret Atwood
- **„Sherlock“** nach Arthur Conan Doyle
- **„Tote Mädchen lügen nicht“** nach Jay Asher
- **„Gossip Girl“** nach Cecily von Ziegesar
- **„Stolz und Vorurteil“** nach Jane Austen
- **„Sex and the City“** nach Candace Bushnell
- **„Big little lies“** nach Liane Moriarty
- **„Babylon Berlin“** nach Volker Kutscher
- **„Game of Thrones“** nach George R. R. Martin
- **„Outlander“** nach Diana Gabaldon
- **„Die Forsyte-Saga“** nach John Galsworthy
- **„American Gods“** nach Neil Gaiman
- **„Krieg und Frieden“** nach Leo Tolstoi

„Ich habe Zeit,
wie denn jedermann Zeit
hat, wenn er nur will."

SENECA

Dir ist alles zu viel?
Ständig verfügbar,
es piept und blinkt,
43 ungelesene Mails?
Du sollst noch, musst noch …

Nein.
Leg einfach mal eine Pause ein.
Setz dich hin.
Genieße den Augenblick.
Geh offline.
Sperre die Welt aus.
Und nimm ein entspannendes
Buch zur Hand.

Bücher, die Ruhe schenken

- Yoko Ogawa
  Liebe am Papierrand
- Haruki Murakami
  Afterdark
- Henry David Thoreau
  Walden oder Leben in den Wäldern
- J. L. Carr
  Ein Monat auf dem Land
- Seneca
  Von der Kürze des Lebens
- Paolo Coelho
  Auf dem Jakobsweg
- Tiziano Terzani
  Das Ende ist mein Anfang. Ein Vater, ein Sohn und die große Reise des Lebens

„Du musst nur langsam genug gehen, um immer in der Sonne zu bleiben."

ANTOINE DE SAINT-EXUPÉRY, DER KLEINE PRINZ

Sten Nadolny

Die Entdeckung der Langsamkeit

Er ist langsamer als alle anderen, das merkt John Franklin schon als Kind. Wie er trotzdem zum großen Entdecker wird, wie er seine Außenseiterrolle wandelt und seinen Weg im Leben findet, erzählt Sten Nadolny bedächtig, ruhig, elegant und nachdenklich. Ein Buch, das eindringlich bewusst macht: Schneller ist nicht besser.

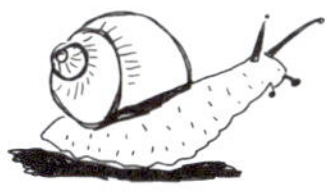

„Doch in ihren Fingerspitzen spürt sie nichts als den unendlichen Durst ihres Herzens."

HARUKI MURAKAMI, AFTERDARK

„Das wichtigste Rezept
für den Krimi:
Der Leser darf niemals
mehr wissen
als der Detektiv."

AGATHA CHRISTIE

**Du bist der geborene Schnüffler?
Kein Hinweis entgeht
deinen aufmerksamen Sinnen?**

Sherlock Holmes ist dein Seelenverwandter und auf der Suche nach dem Mörder bewegst du dich mit katzenhafter Raffinesse? Willkommen in der Welt der Krimis: Hier bist du zu Hause. Das Schöne an einer stillen Leidenschaft wie dieser ist, dass du sie immer und überall ausleben kannst. Mit dem richtigen Buch zur Hand folgst du im Nu der nächsten heißen Fährte – und machst Hercule Poirot Konkurrenz!

Öffne mich bei HEIMLICHER DETEKTIV-BEGABUNG

Ellen Dunne **Harte Landung**

Spannend, witzig, sarkastisch und mit einer originellen Story sowie einem glaubwürdigen Ende ausgestattet: Dieser Krimi ist ein Jackpot. Mit ihrer Heldin Patsy Logan hat Ellen Dunne eine grandiose Frauenfigur geschaffen – kein Weibchen, kein Püppchen, sondern eine smarte, aufgeweckte, sehr sympathische und menschliche Ermittlerin. Sie muss mysteriöse Machenschaften rund um einen Todesfall in einem Online-Unternehmen aufdecken. Und das Miträtseln ist für den Leser ein großes Vergnügen.

Wolf Haas **Komm, süßer Tod**

„Jetzt ist schon wieder was passiert" – so beginnen alle Brenner-Krimis des österreichischen Autors Wolf Haas, dessen Buchreihe um den grantigen Privatdetektiv längst Kultstatus erreicht hat. Einige Teile, darunter auch dieser, wurden mit Josef Hader verfilmt. Und es passiert auch wirklich allerhand: Ein Mann und eine Frau werden, sich küssend, gleichzeitig erschossen, zwei konkurrierende Rettungsdienste kämpfen um Patienten, und Brenner gerät selbst in Gefahr, sodass der süße Tod fast zu ihm kommt. *Lakonisch, spannend und mit Sprachwitz – ein echter Wolf Haas eben.*

Krimis mit Nervenkitzel-Garantie

- Simone Buchholz **Mexikoring**
- Monika Geier **Alles so hell da vorn**
- Gudrun Lerchbaum **Lügenland**
- Anne Goldmann **Lichtschacht**
- Kate Atkinson **Das vergessene Kind**
- Adrian McKinty **Dirty Cops**
- Sascha Arango **Die Wahrheit und andere Lügen**
- Jan Costin Wagner **Tage des letzten Schnees**
- James Lee Burke **Regengötter**
- Dennis Lehane **In der Nacht**
- André Mumot **Geisternächte**
- Gilbert Adair **Mord auf ffolkes Manor**

„Das Gegengift zu Einsamkeit ist nicht das wahllose Zusammensein mit irgendwelchen Leuten. Das Gegengift zu Einsamkeit ist Geborgenheit."

BENEDICT WELLS,
VOM ENDE DER EINSAMKEIT

Viele Leser sind gern alleine, genießen ihre Einsamkeit.

Wie großartig ist es, Protagonisten kennenzulernen, die zu deinen besten Freunden werden, Figuren, die du vermisst, sobald du das Buch zuschlägst? Einsam fühlst du dich dann bestimmt nicht mehr. Spannend ist es aber auch, sich mit dem Thema Einsamkeit überhaupt auseinanderzusetzen – wie gehen literarische Figuren damit um? Deshalb gilt: keine Angst vor dem Alleinsein. Nutze die #metime und lies ein gutes Buch!

Öffne mich bei EINSAMKEIT

Benedict Wells **Vom Ende der Einsamkeit**

Drei Geschwister, die allein zurückbleiben: Als die Eltern von Jules, Marty und Liz ums Leben kommen, verlieren die drei auch einander. Einsamkeit ist das Thema, das sich hindurchzieht, in all ihren Facetten zeigt sie sich und bleibt dabei immer eins: eine Leerstelle in der Seele. *Benedict Wells setzt seine Figuren einem Schicksalsschlag aus und begleitet sie ein Leben lang, um zu sehen, wie es ihnen ergeht. Was macht der Schmerz mit ihnen, wie ertragen sie die Erinnerung? Aufwühlend, ergreifend, traurig.*

Kent Haruf **Unsere Seelen bei Nacht**

Eines Tages klingelt Addie an der Tür von Louis, beide sind um die siebzig, und sie macht ihm einen ungewöhnlichen Vorschlag, der ihn verblüfft. Sie freunden sich an, schlafen in Addies Bett, unterhalten sich, erzählen einander aus ihrem Leben. Alles könnte richtig gut sein, wären da nicht noch die anderen Menschen. *Man schließt Addie und Louis ins Herz, es geht nicht anders, sie sind alt und rührend, sie sind mutig, stark, unangepasst und wunderbar.*

Bücher, mit denen du die Einsamkeit zelebrieren kannst

- Gabriel García Márquez
  Hundert Jahre Einsamkeit
- Jonathan Lethem **Die Festung der Einsamkeit**
- Paolo Giordano **Die Einsamkeit der Primzahlen**
- Helmut Krausser
  Einsamkeit und Sex und Mitleid
- Marlen Haushofer **Die Wand**
- Thomas Glavinic **Die Arbeit der Nacht**
- Slavenka Drakulić **Mileva Einstein oder Die Theorie der Einsamkeit**

Bücher, die dich die Einsamkeit vergessen lassen

- Anna Gavalda **Zusammen ist man weniger allein**
- Tim Krohn **Herr Brechbühl sucht eine Katze**
- John Irving **Das Hotel New Hampshire**
- Durian Sukegawa
  Kirschblüten und rote Bohnen
- Meg Wolitzer **Die Interessanten**
- Hilma Wolitzer
  Charmanter Mann aus Erstbesitz
- Armistead Maupin **Stadtgeschichten**

„Abenteuerlust gibt es sowohl nach außen als auch nach innen."

WOLFGANG J. REUS

Leser sind ja eher Stubenhocker – was gibt es also Schöneres, als gemütlich aus dem Lesesessel heraus um die ganze Welt zu reisen?

Die wildesten Abenteuer zu erleben und die Wunder dieser Erde literarisch zu erkunden, ist großartig. Die Wüste, das ewige Eis, eine Jagd nach seltenen Büchern, sogenannte „Nichtorte“ und viel mehr lassen dich die folgenden Bücher hautnah miterleben. Und zwar völlig ungefährlich.

Öffne mich bei ABENTEUER-LUST

Carol Birch

Der Atem der Welt

London im Jahr 1857 stinkt. Der kleine Jaffy Brown lebt mit seiner Mutter mitten in der Kloake und seine Zukunftsaussichten sind nicht gerade rosig. Als er einem entlaufenen Tiger auf der Straße begegnet und in seinem Maul landet, ohne verletzt zu werden, ist Jaffy wie elektrisiert: Er hat Lust auf das ganz große Abenteuer bekommen. Ein fabelhafter, farbenprächtiger, stimmungsvoller Roman, der im 19. Jahrhundert spielt und die Essenz dieser Zeit in eine wilde Symphonie verwandelt.

„In einer Welt, in der man annehmen könnte, dass alles umfassend bekannt und vollständig erfasst ist, bekommen Orte, die auf keiner Karte zu finden sind, etwas Faszinierendes und Provozierendes."

ALASTAIR BONNETT, DIE SELTSAMSTEN ORTE DER WELT

Bücher, die dir die Welt ins Wohnzimmer holen

- Alastair Bonnett **Die seltsamsten Orte der Welt**
- Adam Johnson **Das geraubte Leben des Waisen Jun Do**
- J. R. Moehringer **Knapp am Herz vorbei**
- Suzanne Joinson **Kashgar oder Mit dem Fahrrad durch die Wüste**
- Arturo Pérez-Reverte **Der Club Dumas**
- Kim Leine **Ewigkeitsfjord**
- Bruce Chatwin **Traumpfade**
- Martha Gellhorn **Reisen mit mir und einem Anderen**
- Jon Krakauer **In die Wildnis**
- Bill Bryson **Frühstück mit Kängurus**
- Doug Dorst & J. J. Abrams **Das Schiff des Theseus**

„Das ist mein Leib, der für euch hingegeben wird.“
Gina Wild
Originalzitat: Jesus in der Bibel (Lukas 22,19)

MARC-UWE KLING

Uh, uh, uh, dir scheint die Sonne aus dem A…? Wie schön!

An manchen Tagen läuft alles genau so, wie es laufen soll – oder sogar noch besser. Gute Laune ist vielleicht gerade deshalb etwas Besonderes, weil man ihr eher selten begegnet. Deshalb solltest du den Moment genießen und zelebrieren – und etwas lesen, das die Glücksgefühle nicht dämpft, sondern weiter befeuert. Bühne frei für die Happy reads!

Karin Kalisa **Sungs Laden**

Berlin, Prenzlauer Berg. An einer Schule wird eine „weltoffene Woche" ausgerufen. Jedes Kind soll über sein Herkunftsland berichten. Minh, der vietnamesische Wurzeln hat, weiß nichts über seine Herkunft. So geht er zu seiner Großmutter, die eine hundertjährige Holzpuppe zur Schule bringt und ein Stück aufführt. Ab diesem Moment ist das Leben vieler Berliner nicht mehr dasselbe: Liebe, Wärme und Zuversicht halten Einzug, genau wie viele vietnamesische Traditionen. Kalisa hat eine Utopie geschrieben, die purer Kitsch ist, aber zugleich so voller Tiefe und Weisheit, dass man gern darüber hinwegsieht. Emotional, motivierend und herzerwärmend. Mehr braucht es manchmal nicht, um glücklich zu sein.

Marc-Uwe Kling **Die Känguru-Chroniken**

Eines Tages klingelt es bei Marc-Uwe Kling: Vor der Tür steht ein Känguru, dass sich Eier ausborgen möchte, um Eierkuchen zuzubereiten. Ehe Marc-Uwe sich's versieht, ist das Känguru bei ihm eingezogen – zum Vergnügen der Leser, die nun an den Gesprächen des intellektuellen Künstlers und des kommunistischen Kängurus in Berlins wohl verrücktester WG teilhaben dürfen. Was den brüllend komischen Zauber der Chroniken ausmacht? Dass das Känguru als Alter Ego des Autors all die Dinge sagen und tun darf, die uns verwehrt bleiben, weil wir gut erzogen sind. Es nimmt zum Beispiel Redewendungen wörtlich – und pinkelt einem Rechtspopulisten mal eben ans Bein.

Bücher, die gute Laune machen

♥

- Anthony McCarten **Funny Girl**
- Graeme Simsion **Das Rosie-Projekt**
- Horst Evers **Wäre ich du, würde ich mich lieben**
- Joachim Meyerhoff **Wann wird es endlich wieder so, wie es nie war**
- Jonas Jonasson **Der Hundertjährige, der aus dem Fenster stieg und verschwand**
- David Safier **Mieses Karma**
- Michael Frayn **Willkommen auf Skios**
- Florian Valerius/ Mareike Fallwickl **Leseglück. 99 Bücher, die gute Laune machen**

„Wenn dir nicht gefällt, wo du bist, stell dir einfach vor, wo du sein möchtest."

RAQUEL J. PALACIO, WUNDER

Wie können Menschen voneinander verlangen, eine Norm zu erfüllen, die völlig willkürlich ist – und der ohnehin niemand entspricht?

Wieso grenzen sie einander aus, verletzen mit Worten und Taten? Die Antworten sind vielfältig – und die Geschichten, die sich daraus ergeben, ebenfalls. Literatur durchleuchtet das Menschsein in all seinen Facetten. Literatur versucht, Verständnis zu schaffen, Vorurteile aufzubrechen, toleranter zu machen. Und wenn es ihr gelingt, ist das jedes Mal ein Wunder.

Raquel J. Palacio **Wunder**

Auggie Pullman ist anders, ganz anders: Er wurde mit einem entstellten Gesicht geboren, das auch nach 27 Operationen nicht „normal“ aussieht. Jetzt soll der Zehnjährige auf eine gewöhnliche Schule gehen – und tut dies versteckt in einem Astronautenhelm. Er ist gewitzt, schlau und findet sich selbst „ultracool“. Doch wie kann es ihm gelingen, dass auch die anderen Kinder ihn so wahrnehmen und nicht nur das „Monster“ in ihm sehen, als das sie ihn bezeichnen?

Raquel J. Palacios Buch über einen mutigen kleinen Jungen, dem nicht sein Anderssein zu schaffen macht, sondern die Reaktion der Welt darauf, ist mehrfach preisgekrönt und ein „New York Times“-Bestseller. Zu Recht: Sie hat sich mit einer gefühlvollen Geschichte einem wichtigen Thema angenommen.

„Wähle die Freundlichkeit“ ist das Motto des Jugendromans, der damit – zum Glück! – viele, viele Menschen erreicht hat. Dafür hat auch die Verfilmung gesorgt: Mit Julia Roberts und Owen Wilson als Auggies Eltern hat Hollywood schwere Geschütze aufgefahren. Und einen schönen, emotionalen Film kreiert, der bei Zusehern wie Kritikern Begeisterung garantiert. Großartige, liebevolle Szenen, die ans Herz gehen – und zu Tränen rühren.

„Wenn man wissen will, wie ein Mensch ist, braucht man nichts weiter zu tun als hinzusehen."

„Du bist wunderschön, ganz gleich, was andere sagen, Worte können dir nichts anhaben. Du bist wunderschön in jeder Weise. Ja, Worte können dir nichts anhaben."

„Was für ein Mensch will ich werden? Was für eine Art Mensch bin ich?"

RAQUEL J. PALACIO

„Ist das Leben nicht
hundert Mal
zu kurz, sich in ihm –
zu langweilen?“

FRIEDRICH NIETZSCHE

Langeweile taucht dein Leben oft ins Graue.

In der Kindheit griff man in solchen Momenten gern zu Comics. Bunte Bilder, Unterhaltung und vor allem viel Spaß waren garantiert. Warum diese Tradition nicht einfach beibehalten? Graphic Novels sind wahre Meisterwerke, sie erzählen über das Leben, die Liebe, setzen sich ernst zu nehmend mit Politik, Geschichte und moralischen Fragen auseinander – oder entführen dich, ganz wie früher, in die fernen Fantasiewelten von Superhelden oder Märchenwesen. Sprechblasenspaß deluxe für den anspruchsvollen Leser – und schon ist deine Welt nicht mehr grau!

Sprechblasenspaß: die schönsten Graphic Novels

- Art Spiegelman **Maus**
- Alan Moore/Dave Gibbons **Watchmen**
- Neil Gaiman **Sandman**
- Frank Miller **Sin City**
- Marjane Satrapi **Persepolis**
- Jason Lutes **Berlin**
- Emil Ferris **Am liebsten mag ich Monster**
- Craig Thompson **Blankets**
- Julie Maroh **Blau ist eine warme Farbe**
- Ari Folman **Waltz with Bashir**
- David Mazzucchelli **Asterios Polyp**
- Posy Simmonds **Gemma Bovery**

„Geist ist die Voraussetzung der Langeweile."

MAX FRISCH

Mariko & Jilian Tamaki
Ein Sommer am See

Jedes Jahr verbringt Rose mit ihren Eltern den Sommer in einem Haus am See. Seit Jahren trifft sie hier Windy, die wie eine kleine Schwester für sie ist. Doch dieser Sommer ist anders: Rose steht kurz vor der Pubertät – und interessiert sich plötzlich für andere Dinge als ihre jüngere Freundin. Die Graphic Novel der kanadischen Cousinen Mariko & Jilian Tamaki erzählt voll leiser Zwischentöne, sensibel und melancholisch von einem Sommer, wie wir ihn wohl alle erlebt haben. Nicht mehr Kind, noch nicht erwachsen. Auf geniale Weise fängt diese zarte Geschichte mit ihren klaren und warmen Zeichnungen all die Gefühle ein, die damit einhergehen – und berührt die Leser damit im Innersten.

„Die Jugend soll ihre eigenen Wege gehen, aber ein paar Wegweiser können nicht schaden."

PEARL S. BUCK

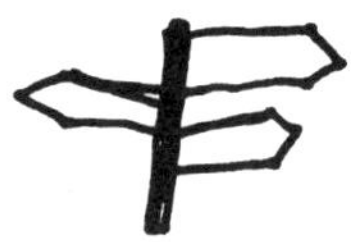

Du hast ein Pubertier zu Hause, einen quengelnden, unausstehlichen Teenager?

Der permanent mit sich und der Welt unzufrieden ist? Neurologen haben festgestellt, dass das Hirn sich in dieser Phase dermaßen stark verändert, dass man sich als Erwachsener gar nicht mehr richtig an diese heftige Wandlung erinnern kann. Damit du dich in die Hirnwindungen deines Heranwachsenden etwas besser einfühlen kannst, findest du hier die schönsten „Coming of Age"-Romane. Brettere mit Maik und Tschick in einem hellblauen Lada in Richtung Walachai, finde die Mitte der Welt und erfahre zum ersten Mal, was das Wort „Liebe" bedeutet. Und vielleicht siehst du dein Pubertier danach mit anderen Augen.

Öffne mich bei
PUBERTÄTSNÖTEN

John Green

Die erste Liebe (nach 19 vergeblichen Versuchen)

Colin ist ein Wunderkind, das elf Sprachen spricht, gern Anagramme bildet und ein wenig anders tickt. Er hat die Liebe bereits 19 Mal erlebt – und wurde jedes Mal bitter enttäuscht. Mit seinem Freund Hassan bricht er auf zu einer Reise durch Nordamerika. Auf diesem wilden Trip wird er Lindsey kennenlernen. Ein eher untypischer John Green: wenig Drama, dafür umso mehr Lacher. Eine leichtfüßige Story, die den Leser beglückt und mit einem Lächeln im Gesicht zurücklässt.

„Ich war auf einmal so begeistert davon, dass ich jetzt machen konnte, was ich wollte, dass ich vor lauter Begeisterung überhaupt nichts machte."

WOLFGANG HERRNDORF, TSCHICK

Lesestoff für pubertätsgeplagte Eltern

- Wolfgang Herrndorf **Tschick**
- Haruki Murakami **Kafka am Strand**
- Benjamin Lebert **Crazy**
- Stephen Chbosky **Das also ist mein Leben**
- Jeffrey Eugenides **Die Selbstmord-Schwestern**
- J. D. Salinger **Der Fänger im Roggen**
- Andreas Steinhöfel **Die Mitte der Welt**
- David Gilmour **Unser allerbestes Jahr**
- Steve Tesich **Ein letzter Sommer**
- Bov Bjerg **Auerhaus**
- Claire Messud **Das brennende Mädchen**
- Leif Randt **Schimmernder Dunst über Coby County**

„Eine strenge und unumstößliche
Regel, was man lesen
sollte und was nicht, ist albern.
Man sollte alles lesen.
Mehr als die Hälfte unserer heutigen
Bildung verdanken wir dem,
was wir nicht lesen sollten."

OSCAR WILDE

Man lernt nie aus! Auch wenn Schule und Ausbildung längst vorbei sind, sollte man sein Hirn nicht verstauben lassen.

Und wie kann man die grauen Zellen besser aktivieren als beim Lesen? Die folgenden Geschichten sind inspirierend, weil sie von besonderen Persönlichkeiten handeln, von Menschen, die „out of the box“ gedacht haben, die aufgebrochen sind und die Welt auf ihre Weise verändert haben. Das sind keine trockenen Sachbücher, sondern großartig erzählte Romane, die sowohl unterhalten als auch weiterbilden.

Meisterwerke für Wissensdurstige

- Florian Illies **1913**
- Daniel Kehlmann **Die Vermessung der Welt**
- Christian Kracht **Imperium**
- Michael Köhlmeier **Zwei Herren am Strand**
- Karen Duve **Fräulein Nettes kurzer Sommer**
- Klaus Modick **Konzert ohne Dichter**
- Ilja Trojanow **Der Weltensammler**
- Sigrid Damm **Christiane und Goethe**
- Ilona Jerger
  Und Marx stand still in Darwins Garten
- Michael Kumpfmüller
  Die Herrlichkeit des Lebens
- Simon Singh **Fermats letzter Satz**
- Wolfram Eilenberger **Zeit der Zauberer**
- Klaus Cäsar Zehrer **Das Genie**
- Hanya Yanagihara **Das Volk der Bäume**

„Wenn du eine weise Antwort verlangst, musst du vernünftig fragen."

JOHANN WOLFGANG VON GOETHE

„Wenn die Neugier sich auf ernste Dinge richtet, dann nennt man sie Wissensdrang."

MARIE VON EBNER-ESCHENBACH

Didier Decoin
Das Ministerium der Gärten und Teiche

Die junge Miyuki muss nach dem Tod ihres Mannes, dem Karpfenfischer Katsuro, die Fische an den kaiserlichen Hof bringen. Nur sie kennt die Geheimnisse dieser Fische und tritt so im Japan des 12. Jahrhunderts eine abenteuerliche Reise an. Decoin hat zwölf Jahre an diesem Meisterwerk recherchiert und gearbeitet. Er lässt eine vergangene Epoche aufleben, so detailliert, so kenntnisreich, dass der Leser den Atem anhält. Auch sprachlich ist dieses Buch ein wahrer Genuss, lyrisch, sinnlich, gewählt, sodass man jedes Wort, jeden Satz, jeden Abschnitt inhalieren, genießen und auf der Zunge zergehen lassen möchte. **Eine einzigartige Geschichte, exotisch und ironisch, tief melancholisch und unglaublich erotisch.**

„Alle denken nur darüber nach, wie man die Menschheit ändern könnte, doch niemand denkt daran, sich selbst zu ändern."

LEO TOLSTOI

**Was gibt es Schöneres,
als sich bei schlechtem Wetter mit einem
guten Buch zurückzuziehen.**

Eine heiße Tasse Tee zu schlürfen,
es sich mit einer Decke gemütlich zu machen –
und den Regen einfach Regen sein zu lassen.
Vielleicht ist das DIE Gelegenheit,
endlich mal die Klassiker zu lesen!
Denn für diese Schwergewichte der
Weltliteratur sollte der geneigte Leser definitiv
Zeit und Muße mitbringen.

Öffne mich bei SCHLECHTEM WETTER

„Das Gute kommt immer zu spät, immer wird es zu spät fertig, wenn man sich nicht mehr recht darüber freuen kann."

THOMAS MANN, BUDDENBROOKS

Must-read-Klassiker der Weltliteratur

- Anna Seghers **Das siebte Kreuz**
  Flucht | Kommunist | 7 Häftlinge | Nationalsozialismus | Konzentrationslager
- Franz Kafka **Der Prozeß**
  Unvollendet | posthum | Josef K. | Urteil
- Theodor Fontane **Effi Briest**
  Poetischer Realismus | Innstetten | Liebesbriefe | Rollo | Duell
- Miguel de Cervantes **Don Quijote**
  Möchtegernritter | Windmühlen | Dulcinea | Knappe | Rosinante | La Mancha

▷ Alfred Döblin **Berlin Alexanderplatz**
Biberkopf | Mieze | Großstadtroman | deutsche Moderne | Montage

▷ Johann Wolfgang von Goethe **Die Wahlverwandtschaften**
Weimarer Klassik | chemische Verbindung | Tragödie | Platanen | Affinität

▷ James Joyce **Ulysses**
Moderne | Homer | stream of consciousness | Obszönität | Bloomsday

▷ Thomas Mann **Buddenbrooks**
Gesellschaftsroman | Lübeck | Kaufmannsfamilie | Literaturnobelpreis | Typhus

▷ Marcel Proust **Auf der Suche nach der verlorenen Zeit**
7 Bände | Madeleine | Swann | Albertine | Fin de siècle

▷ Leo Tolstoi **Krieg und Frieden**
Historiengemälde | Napoleon | Natascha

„Richtiges Auffassen einer Sache und Mißverstehn der gleichen Sache schließen einander nicht vollständig aus."

FRANZ KAFKA, DER PROZESS

„Elend wird nach Richter gemessen“,
lautete die Antwort.
„Wovon reden Sie da?“
„Von Erdbeben. Oder eigentlich
davon, wie man Erdbeben
und Elend misst.
Die Mercalli-Skala endet bei 12.
Richter ist prinzipiell
nach oben offen.
Übelkeit, Elend, Depression –
alles Richter.
Freude, Lust, Glück – alles Mercalli.“

THOMAS GLAVINIC,
DAS GRÖSSERE WUNDER

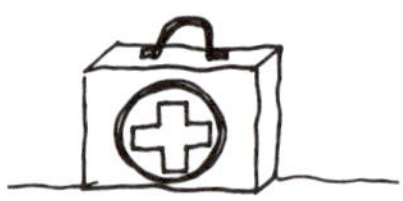

Schnellt die Körpertemperatur nach oben, hat das einen guten Grund:

Was immer uns schadet,
soll dadurch abgetötet werden.
Doch das ist anstrengend und
kostet viel Kraft.
Deshalb hilft bei Fieber nur eins:
Ruhe, viel trinken, viel schlafen,
ein bißchen fernsehen –
und nach Möglichkeit ganz
entspannt lesen.
Am besten Titel, die für
einen kühlen Kopf sorgen.

Öffne
mich bei
FIEBER

Eiskalte Leseempfehlungen

- Ulla-Lena Lundberg **Eis**
- Kim Leine **Die Untreue der Grönländer**
- Isabelle Autissier **Herz auf Eis**
- Rosamund Lupton **Lautlose Nacht**
- Tana French **Gefrorener Schrei**
- Peter Høeg **Fräulein Smillas Gespür für Schnee**
- Jacques Lob/Benjamin Legrand **Snowpiercer**
- Erich Kästner **Drei Männer im Schnee**

Thomas Glavinic
Das größere Wunder

Es ist ein Todeskampf auf einem Berg, auf dem Menschen nicht sein sollten, es ist ein Erwachsenwerden, ein Nachdenken, ein Sichfinden und ein Sichverlieben, und eigentlich ist es auch die ganze Zeit die Frage: Was soll das alles, wozu sind wir hier? Jonas ist mitten auf dem Mount Everest. Er will auf den Gipfel, trotz aller tödlichen Risiken, denn ob er bei dem Versuch, ganz hinaufzukommen, stirbt, ist ihm egal. *Jonas vermisst Marie, und ohne Marie hat nichts einen Wert.*

Gerhard Jäger
Der Schnee, die Schuld, das Feuer und der Tod

Er ist brutal, dieser Winter in den Tiroler Bergen im Jahr 1950, der in die Geschichte eingehen wird als Lawinenwinter mit 260 Toten. Der junge Wiener Historiker Max Schreiber will ein Buch schreiben über eine Frau, die verbrannt ist in ihrem eigenen Haus, die vielleicht eine Hexe war. Man begegnet ihm mit Misstrauen, doch er lässt sich nicht verjagen, und das liegt nicht so sehr an dem Buch, für das er noch keine Zeile geschrieben hat, sondern an Maria. **Doch dann kommt der Schnee. Dann kommt diese Naturkatastrophe, der die Menschen nichts entgegenzusetzen haben.**

„… wie als Zeichen, dass der Winter begonnen hatte, sein Terrain abzustecken, seine Gebietsansprüche zu stellen, und so, als ob er sagen wollte, wer sich so weit in die Berge vorwagt mit seiner Familie, seinem Vieh, wer so weit oben Häuser und Bestallungen errichtet, es wagt, so weit oben sein Leben zu leben, der muss sehr früh mit mir rechnen, dem lege ich als Erstem die kalte Hand auf die Schulter, blase ich als Erstem den kalten Atem ins Gesicht, während die, die unten geblieben sind, noch Zeit haben …“

GERHARD JÄGER, DER SCHNEE, DIE SCHULD, DAS FEUER UND DER TOD

„Ist es nicht seltsam, wie viel dicker ein
Buch wird, wenn man es mehrmals liest? (...)
Als würde jedes Mal etwas zwischen
den Seiten kleben bleiben.
Gefühle, Gedanken, Geräusche, Gerüche ...
Und wenn du dann nach vielen Jahren wieder
in dem Buch blätterst, entdeckst du dich
selbst darin, etwas jünger, etwas anders, als hätte
das Buch dich aufbewahrt, wie eine
gepresste Blüte, fremd und vertraut zugleich."

CORNELIA FUNKE, TINTENHERZ

Es gibt Zeiten in deinem Leben, da läuft nichts rund.

Zeiten, in denen du am liebsten weglaufen würdest, weil es im Getriebe einfach nur knirscht und nichts gelingt. Manchmal bleibt dann nichts als der Wunsch nach Realitätsflucht. Nach Geschichten, die voller Fantasie sind, überbordend und voller Abenteuer mit Einhörnern, Hobbits, Elfen, sprechenden Löwen, Zauberern. Sie bewirken viel mehr als reinen Eskapismus: Sie können dir Hoffnung geben, dank ihrer starken Identifikationsfiguren, ihrer Heldinnen und Helden, die dir zeigen: Trau dich! Folge deiner Intuition und geh deinen eigenen Weg!

Öffne mich bei dem Wunsch nach REALITÄTS-FLUCHT

Andrew Davidson **Gargoyle**

Ein Pornodarsteller hadert mit seinem Leben und will sich umbringen. Das geht gründlich schief – mit schweren Brandverletzungen und ohne Penis erwacht er auf einer Krankenstation, wo man versucht, sein Leben zu retten. Er beschließt, sobald er entlassen wird, erneut Selbstmord zu begehen. Eines Tages setzt sich eine Frau an sein Bett und erzählt eine sonderbare Geschichte: Sie kennen sich schon seit 700 Jahren – sie war eine Nonne und er ein Söldner auf der Flucht. Bereits damals war ihre Liebe einzigartig. Während er am Gesunden ist, kommt sie täglich an sein Bett und erzählt ihm von ihrer Beziehung … *Umrandet wird dies von vier Geschichten, die in verschiedenen Epochen und auf allen Kontinenten spielen und von ewiger, alles verzehrender und tiefster Liebe erzählen. Ein Meisterwerk.*

„Nur aus dem Schweigen ward das Wort, Nur aus dem Dunkel ward das Licht, Nur aus dem Tod ward das Leben: Hell ist der Flug des Falken, In der Weite des Himmels."

URSULA K. LE GUIN, ERDSEE

Diana Wynne Jones **Das wandelnde Schloss**

Die Hutmacherin Sophie wird von einer Hexe in eine alte Frau verwandelt. Kurzerhand heuert sie beim Zauberer (und Herzensbrecher) Howl an – was ihr Leben durcheinanderwirbelt. Das wandelnde Schloss, der Feuerdämon Calcifer, Zauberlehrling Michael und nicht zuletzt Howl halten sie auf Trab. Dabei wünscht sie sich nichts sehnlicher, als wieder eine junge Frau zu sein! *Diana Wynne Jones hat mit diesem Werk einen Klassiker des Genres geschaffen, der Jung und Alt verzaubert, berührt und begeistert.*

★

Fantasy-Klassiker, die neue Welten eröffnen

- Neil Gaiman **Sternwanderer**
- Ursula K. Le Guin **Erdsee**
- Peter S. Beagle **Das letzte Einhorn**
- J. R. R. Tolkien **Der Herr der Ringe**
- Cornelia Funke **Tintenherz**
- Trudi Canavan **Die Rebellin**
- William Goldman **Die Brautprinzessin**
- T. H. White **Der König auf Camelot**
- Terry Pratchett **Gevatter Tod**
- Michel de Larrabeiti **Die Borribles**
- Martin Millar **Die Elfen von New York**
- Peter V. Brett **Das Lied der Dunkelheit**
- Marion Zimmer Bradley **Die Nebel von Avalon**
- C. S. Lewis **Die Wunder von Narnia**
- Patrick Rothfuss **Der Name des Windes**
- Michael Ende **Die unendliche Geschichte**
- J. K. Rowling **Harry Potter und der Stein der Weisen**

„Ein Blick in die Welt beweist, dass Horror nichts anderes ist als Realität."

ALFRED HITCHCOCK

Der schnöde Alltag langweilt dich, dir fehlt der Kick?

Diese Meisterwerke des Schreckens lassen dir das Blut in den Adern gefrieren. Sie verbreiten Angst, Schrecken und Terror. Wie Spinnenbeine kriechen sie dir über die Haut, lassen dir die Haare zu Berge stehen. Und bringen ein wenig Nervenkitzel in dein Leben. Aber Vorsicht, sei gewarnt: Nach der Lektüre wirst du nicht jede Nacht kontrollieren müssen, ob sich etwas unter deinem Bett befindet – sondern WAS dort ist …

Meisterwerke des Horrors

- Robert W. Chambers **Der König in Gelb**
- Charlaine Harris **Vorübergehend tot**
- Robert Bloch **Psycho**
- Albert Sánchez Piñol **Im Rausch der Stille**
- Augusto Cruz **Um Mitternacht**
- David Cronenberg **Verzehrt**
- Ray Bradbury **Das Böse kommt auf leisen Sohlen**
- Ira Levin **Die Frauen von Stepford**
- Mark Z. Danielewski **Das Haus**
- Susan Hill **Die Frau in Schwarz**
- Robert Kirkman/Paul Azaceta **Outcast**
- Stephen King **Shining**
- H. P. Lovecraft **Schatten über Innsmouth**
- Mary Shelley **Frankenstein**
- Edgar Allan Poe **Der Untergang des Hauses Usher**
- Henry James **Die Drehung der Schraube**
- Anne Rice **Gespräch mit einem Vampir**
- Thomas Ligotti **Grimscribe – Sein Leben und Werk**
- Shirley Jackson **Spuk in Hill House**
- Clive Barker **Bücher des Blutes**
- Joseph Sheridan le Fanu **Carmilla**

Daniel Kehlmann **Du hättest gehen sollen**

Blickwinkel verschieben sich, Dinge verändern sich und geraten in Schieflage – minimal, kaum wahrnehmbar –, Bilder, die eben noch da waren, scheinen plötzlich nie dort gehangen zu haben ... Der Flur, war er eben nicht noch kürzer? In Daniel Kehlmanns kafkaeskem Albtraum verbringt ein Drehbuchautor seinen Urlaub mit Frau und Kind in einem Haus in den Bergen. *Geschickt werden alle gängigen Horrorklischees durchgespielt (verfluchter Grund und Boden, mysteriöse Dorfbewohner, schleichender Wahnsinn), um am Ende eine schlichte und doch zugleich hochliterarische Geschichte zu erzählen: Nämlich die eines Mannes in der Krise.*

„I never drrrink ... wine."

DRACULA, 1931

Mariana Enríquez **Was wir im Feuer verloren**

Von diesem Buch geht ein grausamer Zauber aus. Enríquez schreibt furchteinflößende Erzählungen – und berichtet von Menschen abseits der Norm, Menschen mit körperlichen und seelischen Gebrechen, Menschen mit äußerlichen Entstellungen und vernarbten Seelen. Man kann die Art des Erzählens schwer in Worte fassen, sie ist beiläufig, sie treibt an, sie ist luzide – nur um den Leser im nächsten Moment eiskalt von hinten zu erwischen. Enríquez erkundet die Landschaften der Seele und ist sich nicht zu schade, dabei ins Übernatürliche abzugleiten, manchmal sanft, manchmal bis ins letzte Extrem. *Ein starkes, beeindruckendes, unangenehmes, verstörendes Buch.*

„Wenn ich die Wahl habe zwischen dem Nichts und dem Schmerz, dann wähle ich den Schmerz."

WILLIAM FAULKNER

Nichts, aber auch wirklich gar nichts ist mit Liebeskummer vergleichbar.

Jeder Mensch geht anders mit dieser elenden Qual um, sicher ist nur eins: Wir denken alle, sie würde nie zu Ende gehen. Für die Literatur ist der süße Schmerz der Liebe der Stoff, aus dem gute Geschichten sind. Mit Büchern kann man in den Kummer tauchen und ihn ausleben. Sie richten einem aber auch den Kopf nach vorn und vermitteln: Schau mal, nicht so schlimm, da schimmert bereits das Licht am Ende des Tunnels. Und manche Titel beschreiben die Liebe so herrlich sarkastisch, dass man – trotz Tränen – wieder lachen muss.

Bücher, die dir (hoffentlich!) den Glauben an die Liebe zurückgeben

- Thommie Bayer
  Vier Arten, die Liebe zu vergessen
- Alex Capus
  Leon und Louise
- Helen Simonson
  Mrs. Alis unpassende Leidenschaft
- Nicolas Barreau
  Die Liebesbriefe von Montmartre
- Elizabeth Gilbert
  Das Wesen der Dinge und der Liebe
- Anthony McCarten
  Englischer Harem

Hanns-Josef Ortheil
Die große Liebe

Ein deutscher Fernsehredakteur reist an die Adria-Küste, um für einen Dokumentarfilm über das Meer zu recherchieren. Dabei trifft er auf eine Meeresbiologin und die beiden verlieben sich. Hanns-Josef Ortheil gelingen in diesem kleinen, sehr feinen Roman zwei nahezu unglaubliche Dinge: Er hat eine Geschichte erdacht, die voller Sehnsucht ist, jedoch ohne Kitsch daherkommt, und erzählt gleichzeitig von einer Liebe, die nahezu frei von Drama ist. *Er berichtet einfach von zwei Menschen, die füreinander geschaffen sind. Und das virtuos und unvergesslich.*

Bücher, die dir zeigen, dass du mit deinem Liebeskummer nicht alleine bist

- Doris Knecht
  Alles über Beziehungen
- Sibylle Berg
  Der Mann schläft
- Patricia Highsmith
  Salz und sein Preis
- Philippe Djian
  Betty Blue
- Haruki Murakami
  Von Männern, die keine Frauen haben
- Raymond Carver
  Wovon wir reden, wenn wir von Liebe reden

Hervé Le Tellier
Kein Wort mehr über Liebe

Ist es tatsächlich unser Herz, das entscheidet, wen wir lieben, oder sind es vielleicht unsere Füße, weil sie uns dorthin bringen, wo wir jemandem begegnen, den wir lieben können? Der französische Autor zeigt, wie schnell wir uns zu jemandem hingezogen fühlen – und wie unverbindlich dieses Gefühl ist. Wer mit wem zusammen ist, scheint eine Laune der Natur, und hätten wir nicht das Konzept der Ehe erfunden, wir würden noch viel freier mit unseren Trieben umgehen. *Zwei Ehepaare in Paris, heimliche Stelldicheins, eine Liebe, die flüchtig ist – und dennoch ernst genommen wird. Anspruchsvoll, pfiffig und intelligent!*

„Hunger und Liebe sind
die Triebkräfte aller menschlichen
Handlungen."

ANATOLE FRANCE

Was für ein Genuss ist bitte Essen!

Ob süß oder salzig, warm oder kalt:
Wenn einem der Magen knurrt,
ist jede Speise die reinste Erlösung.
Und manchmal ist unser Gaumen derart
von einer Delikatesse betört, dass er sich selbst
nach Jahren noch daran erinnert.
Es gibt allerdings auch einen Hunger,
den können nur Bücher stillen:
den Hunger nach Wissen, den Hunger
nach der Welt da draußen, den Hunger nach
Geschichten. Und am köstlichsten ist es,
wenn beides sich vereint: Lesen und Essen.
In diesem Sinne – bon appétit!

Kochbücher, die satt machen

+ Susanne Bodensteiner/Sabine Schlimm **Seelenfutter. Rezepte, die glücklich machen**
+ Sonja Riker **Suppenglück**
+ Kate Young **Little Library Cookbook. 100 Rezepte aus den schönsten Romanen der Welt**

Okka Rohd **Herdwärme**

Rohd, die sich selbst als leidenschaftliche, aber durchschnittliche Köchin bezeichnet, besuchte zwei Jahre lang die ganz Großen, ließ sich zeigen, wie man ein Wiener Schnitzel zubereitet, neapolitanische Pizza macht, das perfekte Steak brät. Jedoch lernte sie viel mehr als das. Das Buch trägt den Untertitel „Eine kleine Kochschule für das große Glück zu Hause“, und genau das ist die Essenz dieses Schatzes, der in jede Küche gehört: Nimmt man sich Zeit fürs Kochen, probiert man aus, entdeckt man die Sinnlichkeit dessen, was man da kreiert. Vielleicht, so der Tenor Rohds, kann man sich darin so sehr verlieren, dass man sich am Ende selbst wieder näherkommt.

Romane, die Hunger auf mehr machen

- Laura Esquivel **Bittersüße Schokolade**
- Preethi Nair **Koriandergrün und Safranrot**
- Tania Blixen **Babettes Fest**
- Alina Bronsky **Die schärfsten Gerichte der tatarischen Küche**
- Isabel Allende **Aphrodite. Eine Feier der Sinne**
- Das Alice B. Toklas Kochbuch **Kochen für Gertrude Stein und ihre Gäste**
- Joanne Harris **Chocolat**
- Tom Hillenbrand **Teufelsfrucht**
- Martin Walker **Bruno Chef de Police**
- Julia Powell **Julie & Julia**

Martin Suter **Der Koch**

Martin Suter verarbeitet Themen wie die Weltwirtschaftskrise, den Bürgerkrieg in Sri Lanka und „Love Food". Der Tamile Maravan fristet sein Dasein als Küchenhilfe in einer Nobelküche in Zürich. Was niemand weiß: Er ist ein wahrer Zauberer am Herd. Die Speisen, die er zubereitet, wirken wie Aphrodisiaka. Als er seinen Job verliert, ist schnell eine neue Geschäftsidee geboren: Mit einer Kollegin gründet er einen Catering-Service – und der wird viele Paare glücklich machen.

Krimi, Gesellschaftskritik, Liebesgeschichte – und doch stehen die Sinnlichkeit, die Erotik des Kochens im Vordergrund. Eine kulinarische Verführung der literarischen Art!

„Traurigkeit ist nicht ungesund – sie hindert uns abzustumpfen."

GEORGE SAND

Traurigkeit, Melancholie, Weltschmerz …

… diese Begriffe sind Triggerworte für
ein schwarzes Herz. Doch seien wir ehrlich:
Jeder genießt es doch auch
ab und zu, den Blues zu haben,
im Selbstmitleid zu baden.
Alle diese Bücher werden dich zum
Nachdenken anregen,
dich wütend machen, dir deine
Grenzen aufzeigen, dich zum Weinen
bringen – und das ist befreiend.
Sie werden dich nicht kaltlassen.
Und etwas zu spüren beim Lesen,
das ist nicht traurig.
Das ist eigentlich sehr schön.

Öffne mich bei TRAURIGKEIT

„Die einzig wahre Traurigkeit ist das Fehlen der Sehnsucht."

CHARLES-FERDINAND RAMUZ

Carson McCullers
Die Ballade vom traurigen Café

Ein schmerzhaftes und in seiner Verschrobenheit poetisches Büchlein über eine Ehe, die zehn Tage dauert, über Schwarzbrennerei und Andersartigkeit, über Einsamkeit und Mitleid. Und eine Stadt, die selbst Protagonistin ist. Carson McCullers, die mit 18 nach New York ging und mit 23 als literarisches Wunderkind galt, schreibt schnörkellos und direkt, ohne das Bemühen, möglichst schön klingende Worte zu finden, dafür mit Herz und einer Botschaft – so, wie heutzutage niemand mehr zu schreiben scheint.

Große Romane über große Gefühle

- Hanya Yanagihara
  Ein wenig Leben
- Françoise Sagan
  Bonjour tristesse
- Donna Tartt
  Der Distelfink
- Anthony Doerr
  Alles Licht, das wir nicht sehen
- Nell Leyshon
  Die Farbe von Milch
- Sylvia Plath
  Die Glasglocke
- Alice Munro
  Tricks
- Michel Houellebecq
  Plattform
- Jonathan Safran Foer
  Extrem laut und unglaublich nah
- Richard Yates
  Easter Parade

„Nichts tut der Seele besser, als jemandem seine Traurigkeit abzunehmen."

PAUL VERLAINE

„Die wahre Heimat
ist eigentlich die Sprache.
Sie bestimmt die Sehn-
sucht danach, und die
Entfernung vom Heimischen
geht immer durch die
Sprache am schnellsten."

WILHELM VON HUMBOLDT

Wie schön ist es, in die Ferne zu schweifen! Aber das Gute liegt eben auch so nah.

So wohnen oft zwei Seelen in unserer Brust: Wir haben Lust auf Entdeckungen in fremden Ländern, wir sehnen uns aber auch nach zu Hause. Was ist Heimat, was bedeutet Ankommen? Wie fühlt es sich an aufzubrechen? Was treibt uns zurück an jene Orte, von denen wir stammen? Damit beschäftigen sich zahlreiche Bücher. Genau wie mit den Menschen, die wir kennenlernen, die uns in unserem Leben begleiten – und die manchmal auch Heimat sein können.

Jennifer Clement
Gun Love

Dieses Buch entführt uns ins Hinterland von Florida, in einen Trailerpark, wo Pearl und ihre Mutter seit 14 Jahren in einem Auto leben. Eine Welt, in der Kinder mit Waffen spielen, in der Gewalt, Verbrechen, Armut und Elend das Leben bestimmen. Aber auch eine Welt, in der Liebe und Zusammenhalt die größte Rolle spielen. Eine Welt, in der man im Angesicht des täglichen Grauens das Träumen nie ganz verlernt hat. Eine Welt, in der man an die Macht der Fantasie glauben muss, um zu überleben. Clement schafft es einmal wieder, den Heldinnen dieses Romans unverwechselbare Stimmen zu geben, ihnen Würde und Anmut zu verleihen.

Lass dich verzaubern und erschüttern – und leg dir Taschentücher bereit.

Rose Tremain
Der weite Weg nach Hause

„Ein Mann mag weit reisen, aber sein Herz hält nicht Schritt“: Im Sägewerk von Baryn in der Ukraine gibt es keine Arbeit mehr für Lev – alle Bäume wurden abgeholzt. Um seine Mutter und seine Tochter versorgen zu können, bricht er auf nach London. Und ist dann in der Fremde so einsam, dass ihm alles wehtut.

Rose Tremain erzählt einfühlsam, ergreifend und melancholisch von Verlust, Sehnsucht und Ausgrenzung. Ein starkes, stimmiges Buch mit überraschenden Wendungen.

„Heimat ist immer etwas Verlorenes, eine Sehnsucht, die sich nie erfüllen lässt.“

EDGAR REITZ

Die schönsten Heimat-Romane

- Ulrich Alexander Boschwitz **Der Reisende**
- Joachim Meyerhoff **Alle Toten fliegen hoch – Amerika**
- Doron Rabinovici **Andernorts**
- Nora Krug **Heimat**
- Shaun Tan **Ein neues Land**
- Dörte Hansen **Altes Land**
- Garth Greenwell **Was zu dir gehört**
- Sibylle Berg **Die Fahrt**
- Brittani Sonnenberg **Heimflug**

„Heirate mich, Elizabeth.
Verlass mich nie.
Ich werde dich nie
wieder darum bitten.
Aber verlass mich
nicht. Nie."
„Ich werde dich nicht
verlassen, Edward."

JANE GARDAM, EINE TREUE FRAU

Du trennst dich ungern von lieb gewordenen Dingen? Dir fällt es manchmal schwer loszulassen?

Einer der schönsten Aspekte des Lesens ist, dass du neue Charaktere lieb gewinnst. Du leidest, liebst, lebst mit ihnen und sie werden zu Freunden. Wir haben britische Expats in Hongkong, Hamburger Deerns, die ein komplettes Jahrhundert deutscher Zeitgeschichte erleben, mutige junge Frauen und deren Abenteuer in lunaren Sphären und viele andere Figuren, die du sofort ins Herz schließen wirst. Aber das Beste: Hier ist nicht nach einem Band Schluss, sondern es heißt: Fortsetzung folgt …
Und du musst dich nicht so schnell verabschieden.

Öffne mich bei
TRENNUNGS-
ANGST

Reihenweise Leseglück

- Charlotte Link **Sturmzeit-Trilogie**
  Sturmzeit | Wilde Lupinen | Die Stunde der Erben
- Carmen Korn **Jahrhundert-Trilogie**
  Töchter einer neuen Zeit | Zeiten des Aufbruchs | Zeitenwende
- Penny Vincenzi **Die Lytton-Saga**
  Das Versprechen der Jahre | Die Stürme der Zeit | Die Stunde des Schicksals
- Sarah J. Maas **Das Reich der sieben Höfe**
  Dornen und Rosen | Flammen und Finsternis | Sterne und Schwerter | Frost und Mondlicht

Jane Gardam **Old-Filth-Trilogie** (Ein untadeliger Mann | Eine treue Frau | Letzte Freunde)

Anhand der Dreiecksgeschichte von Sir Edward Feathers (Old Filth), seiner Frau Betty und Terry Veneering (sein größter Rivale und ihr Liebhaber) lässt Jane Gardam ein ganzes Jahrhundert britischer Kolonialgeschichte wiederauferstehen. Gardam, die über ein beeindruckendes psychologisches Feingefühl verfügt, deckt nach und nach alle Facetten ihrer Figuren auf und verknüpft kongenial das Schicksal der drei Protagonisten mit der Zeitgeschichte. Während ein Empire untergeht, werden diesen Menschen Wunden zugefügt, die ein Leben lang nicht heilen – aber hinter einer perfekten Fassade versteckt werden können. Doch wir alle wissen: Jede Fassade bekommt irgendwann Risse – und es ist nie zu spät, sich mit seiner eigenen Story auseinanderzusetzen. Geschichte, Psychologie und Liebe – ein erstklassiges, absolut britisches Lesevergnügen!

Marissa Meyer **Die Luna-Chroniken** (Wie Monde so silbern | Wie Blut so rot | Wie Sterne so golden | Wie Schnee so weiß)

Aschenputtel als Cyborg? Rapunzel als Superhackerin? Marissa Meyer macht es möglich, indem sie klassische Märchen der Gebrüder Grimm in ein modernes Science-Fiction-Gewand kleidet. Jeder Band variiert ein klassisches Märchenmotiv und verlegt die Geschichte in die Welt der Lunarier. Diese bieten viel Projektionsfläche vor allem für Leserinnen, denn Meyer hat vier starke Protagonistinnen geschaffen. Sie alle eint der Kampf gegen die böse Königin Levana. Ein All-Age-Vergnügen vom Allerfeinsten, in dem die Romantik natürlich nicht zu kurz kommt – denn was wäre ein Märchen ohne einen Prinzen? Eben.

Bibliographie der beschriebenen Werke

Kästner, Erich: Als ich ein kleiner Junge war. Atrium Verlag, Zürich; **Morley, Christopher:** Das Haus der vergessenen Bücher. Hoffmann und Campe Verlag, Hamburg; **Saint-Exupéry, Antoine de:** Der Kleine Prinz. Karl Rauch Verlag, Düsseldorf; **Blondel, Jean-Philippe:** 6 Uhr 41. Deuticke im Paul Zsolnay Verlag, Wien; **D'Aprix Sweeney, Cynthia:** Das Nest. Klett-Cotta, Stuttgart; **Nichols, Peter:** Die Sommer mit Lulu. Klett-Cotta, Stuttgart; **Bogdan, Isabel:** Der Pfau. Insel Verlag, Berlin; **Manguel, Alberto:** Eine Geschichte des Lesens. S. Fischer Verlag, Frankfurt am Main; **Domínguez, Carlos María:** Das Papierhaus. Insel Verlag, Berlin; **Murata, Sayaka:** Die Ladenhüterin. Aufbau Verlag, Berlin; **Staudinger, Nicole:** Schlagfertigkeitsqueen. In jeder Situation wortgewandt und majestätisch reagieren. Knaur Verlag, München; „Fight Club" von David Fincher, nach dem Roman von **Chuck Palahniuk,** Goldmann Verlag, München; **Nadolny, Sten:** Die Entdeckung der Langsamkeit. Piper Verlag, München; **Murakami, Haruki:** Afterdark. DuMont Verlag, Köln; **Dunne, Ellen:** Harte Landung. Ein Fall für Patsy Logan. Insel Verlag, Berlin; S. 30: **Haas, Wolf:** Komm, süßer Tod. Rowohlt Taschenbuch Verlag, Reinbek bei Hamburg; **Wells, Benedict:** Vom Ende der Einsamkeit. Diogenes Verlag, Zürich; **Haruf, Kent:** Unsere Seelen bei Nacht. Diogenes Verlag, Zürich; **Krohn, Tim:** Herr Brechbühl sucht eine Katze. Verlag Galiani, Berlin; S. 35: **Maupin, Armistead:** Stadtgeschichten. Rowohlt Taschenbuch Verlag, Reinbek bei Hamburg; **Birch, Carol:** Der Atem der Welt. Insel Verlag, Berlin; **Bonnett, Alastair:** Die seltsamsten Orte der Welt. Geheime Städte, Wilde Plätze, Verlorene Räume, Vergessene Inseln. Verlag C.H.Beck, München; **Kling, Marc-Uwe:** Die Känguru-Chroniken. Ullstein Buchverlage, Berlin; **Kalisa, Karin:** Sungs Laden. Verlag C.H.Beck, München; **Palacio, Raquel J.:** Wunder. Carl Hanser Verlag, München; **Tamaki, Mariko & Jilian:** Ein Sommer am See. Reprodukt Verlag, Berlin; **Green, John:** Die erste Liebe (nach 19 vergeblichen Versuchen). Carl Hanser Verlag, München; S. 54: **Herrndorf, Wolfgang:** Tschick. Rowohlt Berlin Verlag, Berlin; **Decoin, Didier:** Das Ministerium der Gärten und Teiche. Klett-Cotta, Stuttgart; **Mann, Thomas:** Buddenbrooks. S. Fischer Verlag, Berlin; **Seghers, Anna:** Das siebte Kreuz. Aufbau Verlag, Berlin; **Döblin, Alfred:** Berlin Alexanderplatz. S. Fischer Verlag, Frankfurt am Main; **Glavinic, Thomas:** Das größere Wunder. Carl Hanser Verlag, München; **Jäger, Gerhard:** Der Schnee, die Schuld, das Feuer und der Tod. Karl Blessing Verlag, München; **Funke, Cornelia:** Tintenherz. Cecilie Dressler Verlag, Hamburg; **Le Guin, Ursula K.:** Erdsee. S. Fischer Verlag, Frankfurt am Main; **Davidson, Andrew:** Gargoyle. Berlin Verlag, Berlin; **Jones, Diana Wynne:** Das wandelnde Schloss. Knaur Verlag, München; S. 75: **Kehlmann, Daniel:** Du hättest gehen sollen. Rowohlt Verlag, Reinbek bei Hamburg; **Enríquez, Mariana:** Was wir im Feuer verloren. Ullstein Buchverlage, Berlin; **Ortheil, Hanns-Josef:** Die große Liebe. Luchterhand Literaturverlag, München; **Le Tellier, Hervé:** Kein Wort mehr über Liebe. Deutscher Taschenbuch Verlag, München; **Suter, Martin: Der Koch.** Diogenes Verlag, Zürich; **Rohd, Okka:** Herdwärme. Eine kleine Kochschule für das große Glück zu Hause. Kailash Verlag, München; **McCullers, Carson:** Die Ballade vom traurigen Café. Diogenes Verlag, Zürich; **Tremain, Rose:** Der weite Weg nach Hause. Suhrkamp Verlag, Frankfurt am Main; **Meyerhoff, Joachim:** Alle Toten fliegen hoch — Amerika. Verlag Kiepenheuer & Witsch, Köln; **Clement, Jennifer:** Gun Love. Suhrkamp Verlag, Berlin; **Gardam, Jane:** Ein untadeliger Mann/ Eine treue Frau/Letzte Freunde. Hanser Berlin im Carl Hanser Verlag, München; **Meyer, Marissa:** Wie Monde so silbern/Wie Blut so rot/Wie Sterne so golden/Wie Schnee so weiß. Carlsen Verlag, Hamburg

MIX
Papier aus verantwortungsvollen Quellen
FSC® C002795
FSC
www.fsc.org